परफ़्यूम

नज़्म संग्रह

सिराज फ़ैसल ख़ान

संकलन एवं सम्पादन

स्मृता सिंह

Anybook

Published By

Anybook

Cell : 9971698930

E-mail : contactanybook@gmail.com

Website : www.anybook.org

Price in India : 200/- INR

First published by Anybook in 2022
Copyright © 2022 Anybook
Copyright Text © 2022 Siraj Faisal Khan
Printed and bound in India
Cover Design & Typesetting by Anybook

ISBN : 978-93-91571-43-6

The author asserts the moral right to be identified as the author of this work

All right reserved.
No part of this publication may be reproduced or transmitted in any form or by means, electronic or mechanical and including photocopying, recording or by any information storage and stored in retrieval system, without the prior permission in writing of the Publisher and Author, nor be otherwise circulated in any form of binding or cover other than that in which it is published and without a similer condition including this condition being imposed on the subsequent purchaser.

رَبِّ زِدْنِي عِلْماً

Rabbi Zidni Ilma

My Lord! increase me in knowledge!!

Quran 20:114

When I stand before God at the end of my life, I would
hope that I would not have a single bit of talent left, and
could say, 'I used everything you gave me'.

-*Erma Bombeck*

इंतेसाब

अम्मी-पापा और ज़यान हैदर ख़ान
के नाम

किताबों से निकलकर तितलियाँ ग़ज़लें सुनाती हैं
टिफ़िन रखती है मेरी माँ तो बस्ता मुस्कुराता है

नये डिक्शन का 'परफ़्यूम'

नज़्म का लुग़ावी मआनी है- 'पिरोना'। नज़्म की कई क़िस्में हैं और इनमें से ही एक क़िस्म है- 'आज़ाद नज़्म'। सिराज फ़ैसल ख़ान की नज़्में आज़ाद नज़्मों की बेहतरीन मिसाल हैं। 1991 में पैदा हुए इस नौजवान शायर ने अपने गाँव और घर में साहित्यिक माहौल न होने के बावजूद अपने अंदर के शायर को खोने नहीं दिया बल्कि वक़्त के साथ उसे निखारा भी और सँवारा भी। 2014 में मेरे द्वारा संपादित साझा ग़ज़ल संकलन 'दस्तक' में नौजवान शायरों की ग़ज़लियात को संकलित करने के दौरान मैंने सिराज को पहली बार पढ़ा। तब से लेकर अपनी दूसरी किताब तक का सफ़र उन्होंने अपनी लगन और मेहनत के बल पर तय किया है। उनकी ग़ज़लों का पहला संकलन 'क्या तुम्हें याद कुछ नहीं आता' नाम से पहले ही मंज़र-ए-आम पर आ चुका है। अब उनका दूसरा संकलन 'परफ़्यूम' आप तक पहुँच रहा है। यह नज़्मों का मज्मूआ है। नौजवान शायर सिराज फ़ैसल के इस मज्मूए में 40 से ज़ियादा नज़्में शामिल हैं और यह सभी नज़्में उनके हस्सास शायर होने की ताकीद करती हैं। इस आलेख में मैं उनकी कुछ चुनिंदा नज़्मों पर गुफ़्तगू करना चाहता हूँ।

साहित्य को समाज का दर्पण कहा जाता है। एक सच्चे साहित्यकार की ज़िम्मेदारी है कि वो समाज का समय-समय पर मार्गदर्शन करे। वो न केवल सवाल करे बल्कि उन सवालों के हल भी सुझाये। लेकिन सवाल करना यानी धारा के विपरीत जाना आसान काम नहीं है। George Prince का कथन है- "Another word for creativity is courage."

सिराज फ़ैसल की नज़्मों 'आक्रोश', 'महाज़', 'बेरोज़गार' और 'मुहब्बत ज़िंदाबाद' में हमें यह साहस दिखाई देता है। यह नज़्में 'Poetry with Purpose' की ख़ूबसूरत मिसाल हैं।

मुहब्बत करने वालों के समर्थन में आवाज़ बुलंद करती नज़्म 'मुहब्बत ज़िंदाबाद' का एक-एक बंद हमें झकझोरने के साथ सोचने पर मजबूर करता है-

मगर उल्फ़त के दुश्मन भूल जाते हैं
जुदा करने
बदन तक़सीम कर देने से टुकड़ों में
मुहब्बत मर नहीं सकती
रगों में वक़्त की वो दास्ताँ बनकर उतरती है
फ़िज़ाओं में महकती है
नये दिल ढूँढ़ लेती है
सदा आबाद रहती है
वो ज़िंदाबाद रहती है...!!

उनकी नज़्में 'बेरोज़गार-1' और 'बेरोज़गार-2' दो अलग-अलग ज़ावियों से बेरोज़गारी का दंश झेल रहे युवाओं के मन की पड़ताल करती हैं। पहली नज़्म में एक बेरोज़गार युवा का अंतर्द्वंद्व कुछ इस तरह सामने आता है-

अगर मैं दूर से भी
ट्रेन की आवाज़ सुनता हूँ
तो कोई अजनबी हैबत मुझे झकझोर देती है
अज़ीयत ख़ून के क़तरों में
यूँ करवट बदलती है
कि मैं टुकड़ों में बँटते रूह को महसूस करता हूँ...

दूसरी नज़्म बेरोज़गारी की वज्ह से जुदाई के मुहाने पर खड़े आशिक़ की आह है-

मेरी तुम्हारी तरह करोड़ों मुहब्बतों पर
यही तो ख़दशे बने हुए हैं
मगर यहाँ की हुकूमतों के

जो मसअले हैं वो और ही हैं
मैं अपनी जानिब से पूरी कोशिश
तो कर रहा हूँ
मगर नतीजे ख़िलाफ़ आयें तो क्या करूँ मैं...!!

'आख़िरी दुआ' नज़्म कोरोना के प्रकोप से पैदा हुई भयावह स्थिति का मार्मिक चित्रण करती है। अपनों से दूर, हॉस्पिटल में ज़िन्दगी और मौत के बीच झूलते मरीज़ों की लाचारी और बेबसी की तस्वीर सी बनाती यह नज़्म आख़िरी बंद तक पहुँचते-पहुँचते हमें त्याग और बलिदान जैसे उच्च मानवीय मूल्यों से रू-ब-रू करा जाती है-

आख़िरी साँस पर
मैंने रब से दुआ की
दुआ में मेरी काश इतना असर आ सके
बाद मेरे यहाँ
वेंटिलेटर पे जो शख़्स हो
लौटकर अपने घर जा सके...!!

समझौता-1 और समझौता-2 ऐसी नज़्में हैं जो हिज्र को एक नये रंग और नये ढंग से एक्सप्लोर करती हैं। यह नज़्में दिल के किसी कोने में रह जाने वाली पहली मुहब्बत की उस टीस पर रौशनी डालती हैं जिसे वक़्त का मरहम भी नहीं भर पाता-

वही थियेटर है कार्नर की वही दो सीटें
है फ़िल्म पर्दे पे कॉमेडी इक
सभी तमाशाई एक लय में ख़ुशी में डूबे हुए ठहाके लगा रहे हैं
जगह पे उसकी

हमारे पहलू में शख़्स बैठा हुआ है कोई
हमारे काँधे पे उसका सर है
हम अपने अंदर सिसक रहे हैं...!!

समझौता-2 की यह पंक्तियाँ पुरुषों की उस मनोदशा को बयान करती हैं जिस पर आमतौर पर समाज में बात नहीं होती है-

मैं वस्ल की सेज पे लेटा हूँ
पर हिज्र की आग दहकती है
ये बेल अज़ीयत की कैसी
मेरे जीवन से लिपटी है
इक लड़की मन से लिपटी है
इक लड़की तन से लिपटी है
ये मुझको चूमती रहती है... मेरे आँसू बहते जाते हैं

सिराज की शाइरी के रिवायती रंगों पर नज़र डालने पर हमें 'नॉस्टेल्जिया', 'परफ़्यूम', 'तख़लीक़', और 'मुहब्बत' जैसी कई नज़्में मिलती हैं जिन्हें बार-बार पढ़ने को जी चाहता है। जिस नज़्म पर किताब का नाम रखा गया है वो मासूमियत की चाशनी में डूबी मुहब्बत की नज़्म है। कैसे मुहब्बत में महबूब की हर चीज़ दिल को अज़ीज़ हो जाती है, यह नज़्म बहुत ख़ूबसूरती से इस जज़्बे को बयान करती है-

ये ख़ुशबू छूट ना जाये
इसी डर से
दोबारा मैंने उस स्वेटर को
पहना है
ना धोया है...!

नज़्म 'नॉस्टेल्जिया' मुहब्बत के अनोखे रंगों की पेंटिंग बनाती है। ख़ुद को तक़लीफ़ देकर अपने चाहने वाले को सताने और छेड़ने की तस्वीर खींचती यह नज़्म, तमाम नज़्मों में अपनी अलग जगह रखती है-

मैं कहता था अगर तुमने
मेरी प्यारी सी गुड़िया को
सताया तो
रुलाया तो
क़सम से मैं
तुम्हारा वो जो बाबू है मेरे अंदर
मैं उसकी जान ले लूँगा...!!

नज़्म 'हस्सास' एक सड़क दुर्घटना का मार्मिक चित्रण है। इसे पढ़ते हुए महसूस होता है कि जैसे आँखों के सामने फ़िल्म सी चल रही हो। इस संग्रह में ऐसी कई नज़्में हैं जिनको पढ़ते हुए इस बात पर यक़ीन पुख़्ता हो जाता है कि सिराज एक किरदार की तरह औरों के दुख को जीते हैं। उनकी पहली किताब की भूमिका में वरिष्ठ शायर 'मयंक अवस्थी' ने ठीक ही लिखा है कि- "सिराज की शायरी मुहब्बत, अना, वेदना और समकालीन संवेदना की शायरी है। एक जवान और हस्सास तबीअत आशिक़ इस शायरी में जगह-जगह पर मिलता है।"

नज़्म 'हस्सास' से यह बंद देखिए-

लेकिन मैं कैसे समझाऊँ
कि उसका आसेब मेरे ख़्वाबों में आकर
रोज़ यही कहता रहता है
मुझ पर ये एहसाँ करवा दो
घर पर मेरे बीवी-बच्चे भूखे होंगे
उन तक वो सब्ज़ी भिजवा दो...!!

इस संग्रह की कई नज़्मों के उनवान अंग्रेज़ी में हैं और उनमें भी कई लफ़्ज़ मनोविज्ञान से संबंधित हैं, जैसे; 'मेलनकाली', 'एनहिडोनिया' और 'रेमिनिसन्स'। यह नज़्में सब्जेक्ट और ट्रीटमेंट के दृष्टिकोण से दूसरी नज़्मों से अलग हैं। इसी तरह 'ज़ॉम्बी' उनवान से शामिल दो नज़्मों में इस्तेमाल किए गये प्रतीक भी मुख़्तलिफ़ हैं और वेस्टर्न लिटरेचर से प्रभावित हैं। उर्दू अदब और इंग्लिश लिटरेचर के बीच लिंक बनाती, उर्दू अदब में नये विषयों का समावेश करती यह कोशिशें नयी संभावनाएँ पैदा करती हैं।

'रेमिनिसन्स', 'वो मेरा कौन था' और 'मौलाना' उनवान वाली नज़्में पाबन्द नज़्में हैं। नज़्म 'मौलाना', लोकप्रिय और क्रांतिकारी पाकिस्तानी शायर 'हबीब जालिब' की नज़्म से इंस्पायर्ड है और उन्हीं को नज़्र की गयी है। इस नज़्म के यह शेर देखिए-

हिसाब इस बेहिसी का आपको देना पड़ेगा अब
बहुत दिन आप ने हुजरे में खा ली खीर मौलाना

ये फ़िरक़ा-वारियत का ज़हर, ये नफ़रत की तक़रीरें
नहीं होती है ऐसे क़ौम की ता'मीर मौलाना

इसके इलावा 'वादा', 'मुहब्बत', 'रंग' और 'बच्चा' जैसी कई संवेदनशील नज़्में रिवायती शायरी पर शायर के अधिकार का ऐलान करती हैं। 'दस्तक' के ज़रिये दस्तक देने वाला युवा शायर आज अपनी शाइरी के 'परफ़्यूम' के साथ मंज़र-ए-आम पर आ रहा है।

दुआ-गो
पवन कुमार (आई.ए.एस.)
अप्रैल, 2022

तितलियाँ नज़्में सुनाती हैं...

'सिराज फ़ैसल ख़ान' की दूसरी किताब पर काम करते हुए मुझे जो ख़ुशी महसूस हो रही है, उसे बयान कर पाना मेरे लिए मुमकिन नहीं। 'सिराज' ... दोस्तों के लिए यह केवल एक लफ़्ज़ या नाम नहीं बल्कि एक 'इमोशन' है। उनसे गुफ़्तगू करना, सुकून के किसी दरिया में उतरने की तरह होता है। आप बस उनको सुनते रहना चाहते हैं। साहित्य, संगीत, सिनेमा, शिक्षा, विज्ञान, इतिहास या राजनीति... विषय चाहे जो भी हो, सिराज फ़ैसल ख़ान का अपना एक अलग ही रंग और अंदाज़ होता है। ज्ञान, अनुभव और मेहनत जब एक साथ आते हैं तो क्या होता है या हो सकता है... सिराज फ़ैसल ख़ान इसकी जीती-जागती मिसाल हैं। ग़ज़ल हो या नज़्म, दोनों ही विधाओं में वो भीड़ से अलग चमकते हैं। तारीफ़ और शोहरत की चकाचौंध से दूर रहकर उन्होंने रचनात्मकता की जिस दुनिया का निर्माण किया है वो उनके साहित्य के प्रति समर्पण और प्रेम को दर्शाती है। ज़िन्दगी की मुश्किलों से जूझते हुए अपने बूते अपनी पहचान बनाना कोई आसान काम नहीं होता। सिराज फ़ैसल ने शायद अपने इस शेर को अपना रहनुमा बना लिया है-

वो कभी आग़ाज़ कर सकते नहीं
ख़ौफ़ लगता है जिन्हें अंजाम से

रिवायती और जदीद शायरी पर उनका समान अधिकार है। यूँ ही नहीं एक शायर 'परफ़्यूम' से 'आक्रोश' तक का सफ़र तय करता है। उनकी शाइरी की भाषा-शैली विषयों के अनुरूप बदलती रहती है। जहाँ एक ओर वो 'परफ़्यूम', 'तख़लीक़' और 'नॉस्टेल्जिया' जैसी नज़्मों में शहद-सी मिठास लिये हुए हैं तो वहीं 'महाज़' और 'आक्रोश' जैसी नज़्मों में उनके सख़्त तेवर देखने को मिलते हैं। वो व्यवस्था और समाज से सवाल पूछने में ज़रा भी नहीं हिचकिचाते। उनकी रचनात्मकता का कैनवस इतना विस्तार लिये हुए है कि शायद ही कोई रंग उनसे

अनछुआ रहा हो। उन्होंने प्रेम के गीत लिखे हैं तो आम-आदमी की मुश्किलों से भी मुँह नहीं मोड़ा है। 'आख़िरी दुआ' नज़्म में उनका क़लम, कोरोना महामारी के मार्मिक दृश्यों की फ़िल्म सी बना देता है। ठीक यही मंज़र-कशी हमें उनकी नज़्मों 'हस्सास' और 'बे-रोज़गार' में देखने को मिलती है। जब ज़रूरत पड़ी है उनका स्वर रूमानी से इंक़िलाबी भी हुआ है। 'महाज़', 'मत डरो', 'आक्रोश' और 'मुहब्बत ज़िंदाबाद' शीर्षक वाली नज़्मों में हमें उनका यह रंग बख़ूबी देखने को मिलता है। उनकी शायरी रिवायत और जदीदियत का एक ऐसा 'कॉकटेल' है जिसका ख़ुमार पाठकों पर ता-देर बना रहता है। हिन्दी के प्रसिद्ध कवि 'भवानी प्रसाद मिश्र' ने अपनी कविता 'कवि' में कहा था-

जिस तरह हम बोलते हैं, उस तरह तू लिख
और इसके बाद भी हमसे बड़ा तू दिख

सिराज फ़ैसल ख़ान इन पंक्तियों को जीते हुए नज़र आते हैं। गम्भीर विषयों को भी वो जिस सरलता से प्रस्तुत कर देते हैं, वह अपने आप में एक नज़ीर है। इसमें ज़रा भी संदेह नहीं है कि सिराज फ़ैसल अपनी उम्र और अपने दौर के रचनाकारों से कहीं आगे खड़े हैं और यह मक़ाम उन्होंने अपने अध्ययन और परिश्रम से हासिल किया है।

सभी दोस्तों की दिली-ख़्वाहिश थी कि उनकी नज़्मों की एक अलग किताब आये। मुझे बेहद ख़ुशी है यह काम मेरे हिस्से आया। उनके उज्ज्वल भविष्य की शुभकामनाओं के साथ मैं यह किताब उनके चाहने वालों के हवाले कर रही हूँ।

स्मृता सिंह
बेसिक शिक्षा विभाग
मार्च, 2022

अनुक्रम

वादा-1

कभी लड़ेगा दिमाग़ तुमसे
कभी ज़बाँ कुछ बुरा कहेगी
कभी क़सीदा लिखूँगा तुम पे
कभी ग़ज़ल लब छुआ करेगी...

कभी यक़ीनन रुलाऊँगा मैं
कभी ये काजल बहा करेगा
कभी तुम्हारे लबों पे ख़ुशियों का रंग पहरों चढ़ा रहेगा...

कभी मैं ग़ुस्सा करूँगा नाहक़
कभी तो हफ़्तों न बात होगी
कभी मैं बातें करूँगा इतनी
कि रात भर सो नहीं सकोगी...

कभी झिड़क भी दिया करूँगा
कभी तुम्हें मैं झिंझोड़ दूँगा
कभी गले से लगा के तुमको
मैं देर तक न जुदा करूँगा...

कभी मैं दिन भर न हाल लूँगा
कोई तुम्हारा न कॉल लूँगा
कभी मैं बस तुमसे बात करने को
काम सारे ही टाल दूँगा...

कभी तग़ाफ़ुल सिंगार सारा
ख़राब कर देगा हाँ तुम्हारा
कभी न देखूँगा इक नज़र मैं
कभी नज़र ना हटा करेगी...

कभी मैं तन्हा रहूँगा इतना
कि पास बैठूँगा ना तुम्हारे
कभी मैं आग़ोश में तुम्हारी ख़मोश पहरों पड़ा रहूँगा...

जो मैं नहीं हूँ तुम्हें दिखाने को
मैं वो नाटक नहीं करूँगा
रखूँगा तुमको मैं ख़ुश हमेशा
मैं ऐसा वादा नहीं करूँगा

रहूँगा जैसा हूँ सामने मैं
भले मुझे दर-किनार कर दो
किसी मुखौटे की ओट में पर
नहीं छुपूँगा
नहीं छुपूँगा...

कभी लगूँगा मैं फूल बिल्कुल
कभी लगूँगा बबूल बिल्कुल
कभी ज़रूरी जहान भर से
कभी-कभी तो फ़िज़ूल बिल्कुल...

मगर ये वादा है मेरा तुमसे

कि ज़िन्दगी भर

हर एक सुख-दुख

हर एक मुश्किल घड़ी में जानाँ!

मैं साथ तुमको खड़ा मिलूँगा

हो कोई मौसम

बहार-पतझड़

सदा मैं तुमसे वफ़ा करूँगा...!!

19 मई, 2019

*क़सीदा- तारीफ़ में लिखी गयी (अतिश्योक्तिपूर्ण) कविता, तग़ाफ़ुल- उपेक्षा, आग़ोश- आलिंगन

वादा-2

वो मुझसे कहती है
सारा माज़ी
इरेज़ कर दो
सिराज फ़ैसल...!!

जहाँ से तुम में हुई हूँ शामिल
वहाँ से पीछे की
कुछ निशानी
कोई कहानी
नहीं रहेगी
नहीं रहेगी

न संग माज़ी से ले के यादों के
ख़ुद को मारोगे अब कभी तुम
न ये उदासी
अब एक पल भी
तुम्हारे अंदर बसर करेगी

मेरी अमानत हुए हो
तुम पर तुम्हारा अब कोई हक़ नहीं है
बस इसकी तस्दीक़ चाहिए
कि तुम्हें वफ़ा पर तो शक नहीं है

तुम्हें पता है
ख़ुदा ने तुमको
जहान-भर से जुदा बनाया
तुम्हारी मंज़िल थी मैं तभी तो
किसी से तुमको नहीं मिलाया

न इस से पहले
मेरे बदन में
मुहब्बतों के गुलाब महके
न शहरे-दिल पर ही
तुम से पहले कोई हुकूमत गया है कर के

मुझे ये दुःख है
कि मुझसे पहले
कहीं किसी से बिछड़ गए तुम
मेरा ख़सारा है
इस सफ़र में
बुरी तरह से उजड़ गए तुम

तुम्हें मैं फिर से बनाऊँगी अब
वफ़ा से अपनी सजाऊँगी अब
ये काम मुश्किल है
इसमें मेरी मदद करोगे?

तुम अपने पैकर में रंग चाहत के भर सकोगे?
या अपने हाथों में
हाथ लेकर
ये एक वादा तो कर ही दोगे-

कि मेरी ख़ुशियों पे दुःख का बादल नहीं रहेगा
कि मेरा आशिक़ किसी का पागल नहीं रहेगा...!!

13 जनवरी, 2021

*माज़ी- अतीत, तस्दीक़-प्रमाण/पुष्टि

परफ़्यूम

तख़्लीक़

वो मुझसे कहती थी
मेरे शायर!!
ग़ज़लं सुनाओ
जो अनसुनी हो
जो अनकही हो
कि जिसके एहसास अनछुए हों

हों शेर ऐसे
कि पहले मिसरे को सुन के मन में
खिले तजस्सुस का फूल ऐसा
मिसाल जिसकी
अदब में सारे कहीं भी ना हो

मैं उससे कहता था
मेरी जानाँ!!
ग़ज़ल तो कोई ये कह चुका है
ये मोजिज़ा तो खुदा ने मेरे
दुआ से पहले ही कर दिया है

तमाम आलम की सबसे प्यारी
जो अनकही सी
जो अनसुनी सी
जो अनछुई सी
हसीं ग़ज़ल है-
'वो मेरे पहलू में जल्वा-गर है'

14 जनवरी 2016

*मो'जिज़ा- चमत्कार, तजस्सुस- जिज्ञासा, जल्वागर- प्रकट/ज़ाहिर/रौशन

Nostalgia (नॉस्टेल्जिया)

वो जब नाराज़ होती थी
तो अपने गार्डन में जा के
मुझको फ़ोन करती थी

सताने के लिए मुझको
वो कहती थी
बहुत बनने लगे हो तुम
मज़ा तुमको चखाऊँगी
तुम्हारी वो जो गुड़िया है मेरे अंदर
मैं उसकी उँगलियों में सैकड़ों काँटे
चुभाऊँगी
रुलाऊँगी

मैं कहता था
अगर तुमने
मेरी प्यारी सी गुड़िया को
सताया तो
रुलाया तो

क़सम से मैं
तुम्हारा वो जो बाबू है
मेरे अंदर
मैं उसकी जान ले लूँगा...!!

11 जनवरी 2016

Perfume (परफ़्यूम)

तेरे परफ़्यूम की ख़ुशबू
मेरी जानाँ
हमारे वस्ल पर पहले
गले लगने से
मेरे फ़ेवरेट स्वेटर पे मेरे साथ आयी थी
ये तेरे प्यार की
तन पर मेरे
पहली निशानी थी
जिसे अब तक
हिफ़ाज़त से
मेरी सारी
मुहब्बत से
सजा के मैंने रक्खा है
ये ख़ुशबू छूट ना जाये
इसी डर से
दोबारा
मैंने उस स्वेटर को
पहना है
ना धोया है...!!

11 जनवरी, 2016

मुहब्बत

जाने वाली बात
मज़ाक़ में भी अब मुझसे मत कहना
और किसी भी तरह सता लो
लेकिन ऐसा मत करना
ऐसे मज़ाक़ से दिल डरता है
दिल का लाज़िम है डरना
जितना मैं डरता हूँ इससे
उतना अब तुम भी डरना
देखो मैं हस्सास बहुत हूँ
ये दुख सह ना पाऊँगा
टूट गया इक बार अगर तो
शायद ना जुड़ पाऊँगा
तुमने मुझको छोड़ दिया तो
मैं पागल हो जाऊँगा
तुम मस्ती में बोलोगी
मैं सदमे से घिर जाऊँगा
तुम हँसती रह जाओगी
और
मैं सच में मर जाऊँगा...!!

14 फ़रवरी, 2018

लाज़िम- ज़रूरी, हस्सास- संवेदनशील

मिसरे

मेरे ख़यालों
के चंद तिनके
तुम्हारी
आँखों में
गिर गये हैं
बुरा न मानो
अगर जो तुम
तो क़रीब आऊँ
तुम्हारी आँखों से
मुझको मिसरे निकालने हैं

16 अगस्त, 2016

शिकवा

बहुत प्यारी वो लगती थी
वो जब शिकवा ये करती थी
वो कहती थी
कि तुम बारिश में मत
भीगा करो देखो...!!
कि ये बारिश की बूँदें जब
तुम्हारे तन को छूती हैं
तो मुझको इंतिहाई
इक जलन महसूस होती है
कि तुम जब भीगते बारिश में
बाँहें खोलकर
आँखों को अपनी बंद करते हो
तो लगता है
कि ये बूँदें चुरा कर ले गयीं तुमको
जब इनके साथ होते हो
तो मुझको देखते कब हो...!!

13 जुलाई 2017

वो मेरा कौन था

तेरे दुख में तेरा हौसला कौन था
मैं नहीं था अगर तो बता कौन था
किस की चाहत पे ईमान लायी थीं तुम
इश्क़ में वो तुम्हारा ख़ुदा कौन था
कौन था जिसके लफ़्ज़ों को चूमा गया
जिसके जज़्बों को रौंदा गया कौन था
इंकिसारी, मुरव्वत, वफ़ा, दोस्ती
इन मुखौटों के पीछे छुपा कौन था
दिल-शिकन, मेरा मासूम दिल तोड़कर
तूने मा'बूद जिसको किया कौन था
कौन था जिसने सब झूटे वादे किए
किसने चाहत का घोटा गला कौन था
दर्स देता था मुझको वफ़ाओं के कौन
वो मुनाफ़िक़, छुपा बे-वफ़ा कौन था
जिसके आने से किरदार मेरा मरा
इस कहानी में वो तीसरा कौन था
जब बनाया था रब ने तुझे ग़ैर का
तो तेरी शक्ल में वो मेरा कौन था

13 जुलाई 2017

इंकिसारी- विनम्रता, मुरव्वत- स्नेह, लगाव, आदर, दिल शिकन- दिल तोड़ने वाला, मा'बूद- ख़ुदा, दर्स-
उपदेश, मुनाफ़िक़- कपटी

समझौता-1

बहुत पुरानी कोई उदासी
बदन-खंडर में पड़ी हुई है
ज़हन के ताक़ों में कितनी यादों की अब भी कालिख जमी हुई है

है दर्द कोई रगों में बहता ख़मोश जैसे
हैं अश्क कुछ जो तलाशते हैं
बहाने आँखों से झाँकने के
हैं ज़ख़्म कुछ बे-क़रार रहते हैं जैसे खुलने को हर घड़ी ये

कमाल ये है
कि झूटी मुस्कान इक सजा कर
मैं हर अज़ीयत दबा गया हूँ
सभी को लगता है ठीक है सब
नये मरासिम बना के ख़ुश हूँ

कहाँ मैं जाऊँ
कि सारी चीज़ों से,
हर जगह से तो उसकी यादें जुड़ी हुई हैं
ये बेड़ियाँ तो हमारे पैरों में जाने कब से पड़ी हुई हैं

वो बाद मुद्दत के अब भी इतना भरा है मुझमें
बग़ैर उसके तो इस शहर का
हर एक रस्ता
तमाम गलियाँ
बज़ार कैफ़े
नज़र में जैसे
सुई की मानिंद चुभ रहे हैं

वही थियेटर है
कार्नर की वही दो सीटें
है फ़िल्म पर्दें पे कॉमेडी इक
सभी तमाशाई एक लय में
ख़ुशी में डूबे हुए ठहाके लगा रहे हैं
जगह पे उसकी
हमारे पहलू में शख़्स बैठा हुआ है कोई
हमारे काँधे पे उसका सर है
हम अपने अंदर सिसक रहे हैं!!

15 नवम्बर 2019

समझौता-2

सब रोते हैं, चिल्लाते हैं, मेरे यार मुझे समझाते हैं
मैं उसके दुख में डूबा हूँ, मेरे साँस उखड़ते जाते हैं

मैं कितना हँस-मुख लड़का था
मैं कितना ख़ुश-ख़ुश रहता था
मेरी छोटी-सी इक दुनिया थी
मेरा प्यारा-सा इक सपना था
इक शख़्स जो मेरा अपना था
मुझे उसके साथ में जीना था
मुझे उसके साथ में मरना था
मुझे याद वो लम्हे आते हैं... मेरे ज़ख़्म उभरते जाते हैं!!

वो शख़्स नहीं है मेरा जब
मुझे आख़िर उससे क्या मतलब
पर बाज़ ये दिल आता है कब
कोई उसको छूता होगा अब
उसे कैसा लगता होगा सब
ये सोच के रूह तड़पती है...मेरे जिस्म-ओ-जाँ घबराते हैं!!

मैं वस्ल की सेज पे लेटा हूँ
पर हिज्र की आग दहकती है
ये बेल अज़ीयत की कैसी
मेरे जीवन से लिपटी है
इक लड़की मन से लिपटी है
इक लड़की तन से लिपटी है
ये मुझको चूमती रहती है... मेरे आँसू बहते जाते हैं!!

चुभते हैं काँटे से तन में
कुछ ज़ख़्म पुराने हैं मन में
हो तौक़-सा जैसे गर्दन में
इक शख़्स है मेरे जीवन में
मैं इसकी गोद में लेटा हूँ... मुझे उसके सपने आते हैं!!

मुझे क्या-क्या सहना पड़ता है
मुझे उसको छूना पड़ता है
जो दिल का है, ना मन का है
क्या हाल मेरे जीवन का है
मुझे नींद नहीं आती लेकिन... मुझे मौत के सपने आते हैं!!

मुझे उसके नाम पे धमकाकर
मुझे क़समें दी थीं ऐसा कर
जिसे कहते हैं उसे अपना कर
मेरे बच्चे तू समझौता कर!!
मैं अब इक ज़िन्दा मुर्दा हूँ... सब रोते हैं, चिल्लाते हैं!!

मैं उसके दुख में डूबा हूँ... मेरे साँस उखड़ते जाते हैं!!

12 दिसंबर 2021

Cafe (कैफ़े)

दो ही कप मँगाता हूँ
आज भी मैं कॉफ़ी के
देखकर ये कैफ़े में
लोग रोने लगते हैं

कोई एक वो टेबल
बुक कभी नहीं करता
जिस पे मैंने चाबी से
एक दिल बनाया था
और दो नाम लिक्खे थे

हो गया पुराना पर
आज तक नहीं बदला
मेज़ का वो इक गुलदान
पहले वस्ल पर जिसमें
तुमने फूल रक्खे थे

मुझ से कोई वेटर अब
टिप भी तो नहीं लेता
वो दूकान मालिक जो
चुटकुले सुनाता था
खिलखिला के हँसता था
दूर अब ख़मोशी से देखता वो रहता है

इस सलीब पर मेरा जिस्म लटका रहता है
मैं तुम्हारे कप को, वो
मुझको तकता रहता है
वक़्त कटता रहता है...!!

19 अक्टूबर, 2018

ये दुख कम क्यों नहीं होता

ये दुःख कम क्यों नहीं होता
मेरी जानाँ!

हमें बिछड़े तो
कितने दिन, महीने, साल गुज़रे हैं
मगर ये चोट गहरी है
मगर ये ज़ख़्म ताज़े हैं
ये दुख कम क्यों नहीं होता मेरी जानाँ...

अगर मैं साथ
दो पंछी भी बैठे देखता हूँ तो
मेरे माज़ी का हर मन्ज़र
मेरी आँखों के डोरों में
उभरता है
तड़पता है
मेरी आँखों की पुतली डूब जाती है
तुम्हारे ग़म के दरिया में
ये दुख कम क्यों नहीं होता मेरी जानाँ...

वो सारे लोग जिनकी वज्ह से
हम लोग बिछड़े थे
मुकम्मल ज़िन्दगी कर के
वो सब क़ब्रों में सोये हैं
तुम्हारा दुःख मेरे सीने में लेकिन
अब भी ज़िंदा है
जवाँ होता ही जाता है
ये दुख कम क्यों नहीं होता मेरी जानाँ...

अब इतनी मुद्दतों में
तुम भी शायद भूल बैठी हो
मेरे सब दोस्त-रिश्तेदार
लाखों मील आगे हैं
सफ़र में ज़िन्दगानी के
मगर मैं रह गया किरदार
तन्हा इस कहानी में
ये दुख कम क्यों नहीं होता मेरी जानाँ...!!

5 मई, 2016

Mobile (मोबाइल)

वो मोबाइल तुम्हारा था
मेरी जानाँ
कि जिसकी कॉन्टैक्ट बुक में
मुझे हर दिन
नया इक नाम मिलता था
कभी बाबू
कभी बुद्धू
कभी पागल
कभी शोना

वो मोबाइल तुम्हारा था
मेरी जानाँ
कि जिसके खूबसूरत से कवर पे
फ़ोन के पीछे
तुम्हारे और मेरे नाम के
पहले वो दो अक्षर
हमेशा टिमटिमाते थे
तुम्हारे फ़ोन पर अक्सर
मेरी तस्वीर बन के वालपेपर
मुस्कुराती थी

वो मोबाइल तुम्हारा था
मेरी जानाँ
मेरी हर कॉल की जिसमें
रिकॉर्डिंग सेव रहती थी
मेरी आवाज़ को तुमने

मेरी आवाज़ ही
उस फ़ोन की रिंगटोन होती थी
कोई भी कॉल आती थी
तो तुम हर कॉल से पहले
मेरी आवाज़ सुनती थीं
अब इक मुद्दत से कुछ रिश्ता नहीं
उस से फ़ोन से मेरा
मेरी जानाँ!!
ना उस से कॉल आती है
ना उस पे कॉल जाती है

13 सितंबर, 2017

Zombie-1 (ज़ॉम्बी-1)

मैं इक ज़ॉम्बी के
जैसा हूँ...

बज़ाहिर तो मैं ज़िंदा हूँ
मगर अंदर से मुर्दा हूँ
कोई एहसास इंसानी नहीं
अब मेरी मिट्टी में
ना हँसता हूँ
ना रोता हूँ
ना कोई ज़ख़्म दुखता है
ना मुझको दर्द होता है
मेरी साँसें तो चलती हैं
मगर उनको नहीं महसूस कर सकता
मेरे सीने में दिल तो है
मगर धड़कन नदारद है
मैं इक ज़ॉम्बी के
जैसा हूँ...

मेरी जानाँ
मेरी हालत
तुम्हें अच्छी तरह
मालूम होगी ना
बदन में
वायरस मेरे
तुम्हीं ने ही तो डाला है....!!

10 नवम्बर, 2016

Zombie-2 (ज़ॉम्बी-2)

तुम्हारा दुख बहुत सी
लड़कियों से मैंने बाँटा है
तुम्हारे नाम के आँसू
कई परफ़्यूम में डूबे हुए काँधों पे सर रखकर बहाए हैं
दुखे दिल ने मेरे, ना जाने कितने दिल दुखाए हैं...

तुम्हारे बाद कितने चाँद बोसों के
मेरे माथे पे उभरे हैं
मगर वो सब
तुम्हारे एक बोसे का निशाँ भी ना मिटा पाए...

ना जाने थक के कितने बाज़ुओं में तन गिरा मेरा
मगर वो सब
तुम्हारी एक थपकी के बराबर भी
सुकूँ नाशाद दिल में ना बना पाए...

बहुत-सी उँगलियों ने बाल यूँ मेरे सँवारे हैं
तुम्हारा लम्स तो लेकिन
तुम्हारा लम्स था जानाँ
वो जादू दूसरों की उँगलियों में ढूँढ़ने की मेरी हर कोशिश
शुरू से रायगाँ थी
रायगाँ ही है

सुरीले थे गले सबके,
मगर मेरी समाअत को तो आदत थी
तुम्हारी ख़ास उस एहसास में भीगी हुई आवाज़ की जानाँ!

कहाँ अब खोजने जाऊँ मैं वो अंदाज़
कहाँ से लाऊँ मैं ग़ैरों में वो लहजा

नहीं थीं ज़िन्दगी में तुम,
मगर जब भी किसी से बात की तो हर दफ़ा ऐसा लगा
जैसे कि तुमसे बे-वफ़ाई कर रहा हूँ मैं
ख़ुदा ही जानता है कि तुम्हारे हिज्र के दोज़ख़ में किस दर्जा जला हूँ मैं

तुम्हारे बाद हर आग़ोश इक काँटों का बिस्तर थी
तुम्हारे बाद कोई जिस्म मेरी रूह की सरहद के भी नज़दीक ना पहुँचा
हवस के भेड़ियों ने मेरे हर एहसास को नोचा

तुम्हें मालूम क्या होगा
मुहब्बत में तुम्हारी क्या अज़ीयत मैंने पाई है,
कि यादों के पिशाचों ने
हर इक शब ख़ूँ से मेरे, तिश्नगी अपनी बुझाई है...

तुम्हारे बाद इन आँखों में वीरानी उतर आई,
ना इनमें ख़्वाब ठहरे हैं
ना इनमें नींद दर आई

तुम्हारी गोद से उठकर
मुसलसल रत-जगों के एक ला-महदूद सहरा में
ये तन जलता रहा मेरा
कि दम घुटता रहा मेरा...

तुम्हारी बे-वफ़ाई ने
मेरे अंदर के इंसानी अनासिर ख़ाक कर डाले
तुम्हारी बेवफ़ाई से बना इक बेवफ़ा हूँ मैं

तुम्हारा वायरस लेकर लहू में फिर रहा हूँ मैं

भटकता फिर रहा हूँ
आरज़ी रिश्तों के जंगल में
गले में बद-दुआएँ तौक़ की मानिंद लटकी हैं
मैं अब इंसान की सूरत में कोई मॉन्स्टर सा हूँ
दरिन्दे ने तुम्हारे हिज्र के मासूमियत मेरी चबा ली है
ये दर-बदरी मुक़द्दर बन गयी है
आशिक़ी ने तो हमारी ख़ाक उड़ा दी है...

ये तुमने किस तरह का दुख
मेरे सीने में बोया है
न जाने कितने लोगों ने तुम्हारा बोझ ढोया है
मुझे जो प्यार करता है
उसे दुख दे रहा हूँ मैं
तुम्हारा दुख नये सीनों में जानाँ बो रहा हूँ मैं...!!

20 जुलाई 2021

Break up-1 (ब्रेकअप-1)

उसे लगता था
अंग्रेज़ी के कुछ अल्फ़ाज़
लिखकर भेज देने से
तअल्लुक़ टूट जाता है...

ये उसका फ़ैसला था
बिन मिले हम
फ़ोन पर रिश्ते का मुस्तक़बिल
'डिसाइड' कर के
'सोशल मीडिया' के
आज हर 'एप' पर जुदा हो जाएँ...

कि जैसे प्यार का रिश्ता
फ़क़त मोहताज हो इक 'सॉफ़्ट-वेयर' का
जहाँ पे 'ब्लॉक' कर देने से
सब वादे-इरादे टूट जाएँगे
सभी क़स्मों से पीछा छूट जाएगा...

मगर जानाँ!!
मुहब्बत
'फ़ेसबुक' का कोई 'स्टेटस' नहीं
कि जब भी जी चाहे
उसे 'लाइक' करो
और 'मूड' बदले तो फ़क़त इक 'क्लिक' से उस 'लाइक' को
'अन-लाइक' बना कर
पेज को 'स्क्रॉल' कर के भूल जाओ सब...
या थोड़ा दुख दिखाने के लिए
तुम 'वॉल' पर अपनी

'इमोजी' साथ लेकर
'फ़ेड-अप' लिख दो
या कुछ दिन
अपने 'स्टेटस' में
'ब्रोकन' लिख के 'लॉग-इन' ना करो
फिर चंद दिन में
भूलकर हर बात
'फ़ीलिंग-वेल' हो जाओ...

अगर ये ही मुहब्बत थी
तो तुम जानाँ मुहब्बत को कभी जी ही नहीं पायीं
फ़क़त 'एन्जॉय' करती थीं
हमारी 'कम्पनी' को तुम...

अगर ये लफ़्ज़ 'एन्जॉय'
तुम्हारे दिल में चुभ जाये
तो तुम ये सोचना
कि ऐसे कितने लफ़्ज़
मेरी रूह में तुमने चुभोए हैं...
मेरी मासूम कितनी ख़्वाहिशों को
तुमने बेदर्दी से कुचला है
सफ़ीने कितने ख़्वाबों के
मेरी आँखों के दरिया में डुबोए हैं
मेरा दिल-फूल रौंदा है
ज़ेहन में खार बोए हैं....!!

19 जनवरी, 2016

Break up-2 (ब्रेकअप-2)

तअल्लुक़ तर्क करना है
तअल्लुक़ तर्क कर लेना
मगर वैसे नहीं जैसे ज़माना तर्क करता है
दिलों में फ़र्क़ करता है
वफ़ा को ग़र्क़ करता है...

तअल्लुक़ तर्क करना है
तअल्लुक़ तर्क कर लेना
मगर इक मशवरा सुन लो
इसे तुम इल्तिजा समझो
तुम्हें बस इतना करना है
कि इस अंजाम से पहले
मेरा आग़ाज़ दोहरा दो
मुझे फिर मुझसे मिलवा दो...

तुम्हें बस इतना करना है
मुहब्बत के महीने की
वही तारीख़ चुननी है
वही इक वक़्त रखना है
वही कपड़े पहनने हैं
वही ख़ुशबू लगानी है
जो पहले दिन लगायी थी...

मुहब्बत की वो पहली
मुस्कुराहट साथ लानी है
उसी कैफ़े में आना है

उसी टेबल को चुनना है
वही कॉफ़ी मँगानी है
कि जो उस दिन मँगायी थी...

चमक आँखों में
वो ही हो
खनक बातों में
वो ही हो
हथेली पर उसी अंदाज़ में
मेहँदी रचा लेना
कि जो उस दिन रचाई थी...

सुनो जानाँ!
मुहब्बत का मेरा पहला लिफ़ाफ़ा
वो गुलाबी ख़त
उसे तुम साथ ले आना
तुम्हारा ख़त कि जिस के रंग
अब तक हू-ब-हू वो हैं
उसे मैं साथ लाऊँगा,
लिफ़ाफ़े हम बदल लेंगे
तअल्लुक़ तर्क कर लेंगे...

उसी दिन की तरह
कैफ़े से जाते वक़्त मुड़कर देख पाओ तो
ये तुम पर छोड़ता हूँ मैं
तअल्लुक़ तोड़ता हूँ मैं

जहाँ से इब्तिदा की थी
वहीं पर इंतिहा करना
तअल्लुक़ तर्क करना है
तअल्लुक़ तर्क कर लेना
मगर वैसे नहीं जैसे ज़माना तर्क करता है...!!

17 जनवरी, 2017

Dead End (डेड एण्ड)

मुआफ़ करना
तेरी तमन्ना से और तुझसे
मैं आज बेज़ार हो गया हूँ,
वो हश्र चाहत में तेरी मुझ पर बपा हुआ है
मैं ख़ुद पे दुश्वार हो गया हूँ

बहुत ही छोटे से मसअले थे
मगर रवैये बहुत बुरे थे
हम एक मुद्दत से
इस तअल्लुक़ की क़ब्र ही पर खड़े हुए थे

अना की अंधी गली से रस्ता किसे मिला,
जो हमें मिलेगा?
कि सूखी टहनी पे फूल ताज़ा कहीं खिला है,
जो अब खिलेगा?
सुनो मुहब्बत का ये परिंदा भी एक पर से नहीं उड़ेगा
मुआफ़ करना
मेरी तमन्ना!
कि ये तअल्लुक़ नहीं टिकेगा...!!

हर एक सूरत से मैंने रिश्ता
बचाना चाहा
कुचल गया दिल
मगर गले से लगाना चाहा
कभी भी तेरा बुरा ना चाहा...

ग़लत भी बातें
क़ुबूल कर लीं
ये भूलें हमने
फ़िज़ूल कर लीं
तो तय किया है
अब अपने हिस्से कोई ख़सारा नहीं लिखूँगा
यहाँ से आगे मैं एक लम्हा भी ये अज़ीयत नहीं सहूँगा
तेरे ही लहजे में पेश आऊँगा
तुझसे अब मैं
दुखेगा दिल तो तेरे भी दिल को दुखाऊँगा मैं...

तू आख़िरी इक ख़ता थी मेरी
तू मुस्तक़िल अब सज़ा है मेरी
मैं एक-तरफ़ा
किसी भी रिश्ते की अब हिफ़ाज़त
नहीं करूँगा
अब एक आँसू भी नाम तेरे
नहीं करूँगा
मैं जी भले ना सकूँ मगर मैं तेरे लिए अब नहीं मरूँगा...

ये मसअला अब सुलझ चुका है
जुनून सर से उतर चुका है
चराग़ उल्फ़त का बुझ चुका है
तुझे जो लेकर ख़याल था वो बदल गया है
ख़याल तेरा वजूद मेरा निगल गया है
मगर तू मेरे ख़याल से भी निकल गया है

अगरचे बर्बाद हो गया हूँ
मगर मैं ईजाद हो गया हूँ
मैं अपने मलबे से इक नया 'मैं' निकाल लाया
मैं तेरे दुःख की रिदा हवा में उछाल आया...!!

23 फ़रवरी, 2019

बेज़ार- उकताया हुआ/नाख़ुश, ईजाद- आविष्कार/ नयी चीज़ का बनना, ख़सारा-नुक़सान, रिदा-
ओढ़ने की चादर

जवाज़

कई दिनों से उदास हूँ मैं
जवाज़ क्या है पता नहीं है...

किसी ने कुछ भी कहा नहीं है
बुरा भी तो कुछ हुआ नहीं है
किसी से दिल भी दुखा नहीं है
ख़ता भी कोई हुई नहीं है
सज़ा भी कोई मिली नहीं है
जवाज़ क्या है उदास हूँ मैं...

अभी तो निकला हूँ मॉल से मैं
तमाम ख़ुशियाँ ख़रीद कर के
मगर ये थैले तो बोझ से हैं
वो सारी चीज़ें जो ख़्वाहिशों में हैं दूसरों की
वो मझको हासिल हैं
फिर भी मझको ख़ुशी नहीं है
जवाज़ क्या है उदास हूँ मैं...

कलीग ऑफ़िस में ख़ुश हैं मुझसे
है मेरे यारों को नाज़ मुझ पर
बहुत से लोगों के दिल में घर है
तमाम रिश्ते निभा रहा हूँ
कहीं पे कोई कमी नहीं है
मगर मैं ख़ुद से
कटा-कटा हूँ
जुदा-जुदा हूँ
जवाज़ क्या है उदास हूँ मैं...

अभी तो बैठा था साथ यारों के क़हक़हों में
अभी तो महफ़िल जमी हुई थी
अभी तो मैंने ग़ज़ल कही थी
अभी तो लोगों ने दाद दी थी
ये सब ख़ुशी थी
मगर ये मुझमें कहीं नहीं थी
जवाज़ क्या है उदास हूँ मैं...

अभी तो मैंने डिनर किया था
शहर के मख़्सूस रेस्टोरेंट में
हसीन वेट्रेस ने मुस्कुराहट से मुझको टेबल सजा के दी थी
तमाम खाने लज़ीज़ थे पर
मेरे लिए कुछ मज़ा नहीं था
जवाज़ क्या है उदास हूँ मैं...

नये कलर से पुराने पर्दे बदल दिए हैं
ख़रीद लाया हूँ चाय का कप ब्रांडेड इक
तमाम क़िस्मों के फूल गमलों में ला के मैंने
सजा दिए हैं
पुराना टीवी बदल दिया है
तमाम चैनल भी मैंने एचडी में ले लिए हैं
हज़ार मौज़ू पे सीरियल हैं
हर एक जॉनर की इन पे फ़िल्में भरी पड़ी हैं
मगर मैं चैनल बदल रहा हूँ
कहीं भी लगता तो जी नहीं है
मुझे कहीं भी सुकूँ नहीं है
ख़ुशी के सामान तो बहुत हैं

मगर किसी में खुशी नहीं है
जवाज़ क्या है उदास हूँ मैं...
ये नज़्म पढ़ना
तो लौट आना
तुम्हें ये शायद पता नहीं है
बहुत ज़ियादा उदास हूँ मैं

जवाज़ तुम हो...!!

25 जुलाई, 2017

---

* जवाज़- कारण, मख़्सूस- ख़ास/विशेष, मौज़ू- विषय

जैसे भी हो

जैसे भी हो
उसने मेरे दुःख से पीछा छुड़ा लिया है
माज़ी के साये से अपने मुस्तक़बिल को बचा लिया है

जैसे भी हो
ख़्वाबों का आईना उसने तोड़ दिया है
बोझ रिवाजों-रस्मों का सब अपने ऊपर लाद लिया है
मेरी चाहत, प्यार के वादों से मुँह अपना मोड़ लिया है

जैसे भी हो
आँसू उसकी आँख का रस्ता भूल चुके हैं
यादों के गुलदान में रक्खे फूल वफ़ा के सूख चुके हैं

जैसे भी हो
उसने अपनी चाहत का दम घोंट दिया है
मेरी निशानी, हर इक तोहफ़ा घर से बाहर फेंक दिया है

जैसे भी हो
मोम की गुड़िया पत्थर में तब्दील हुई है
प्यार के दुश्मन ख़ुश तो होंगे हुक्म की जो ता'मील हुई है...!!

22 अप्रैल, 2016

माज़ी-अतीत, मुस्तक़बिल-भविष्य, तब्दील- बदलना/रूपांतरण, ता'मील- (आज्ञा का) पालन

Flashback (फ़्लैशबैक)

मैं आज
कॉलेज के कैम्पस में
उदास तन्हा खड़ा हुआ हूँ

उसी जगह पे
जहाँ पे पहली दफ़ा तुम्हारी
हसीं नज़र से
नज़र मिली थी
तो तजरिबा इक नया हुआ था
मेरी नज़र को

कि इससे पहले
ये रौशनी जो
तुम्हारे अंदर से आ रही थी
किसी में मुझको नज़र ना आयी

तुम्हीं थीं जिसने
उदासियों की शबों में मेरी ज़िया उगायी
कि ख़ुश्क डाली पे मेरे मन की
नयी सी कोंपल निकल के आयी

मैं उन दिनों में
सँवर रहा था
निखर रहा था
तुम्हारी चाहत के अब्र रहमत की तरह मुझ पर
बरस रहे थे
कि जिस्म-ओ-जाँ सब महक रहे थे

तुम्हारी पाकीज़गी का सूरज
मेरे बदन में चमक रहा था
कि सर से पा तक वजूद मेरा
ख़ुशी के पैकर में ढल चुका था

ये इब्तिदा थी
उस इंतिहा की
मैं आज जिस तक पहुँच गया हूँ

मैं आज
कॉलेज के कैम्पस में
उदास तन्हा
खड़ा हुआ हूँ...!!

27 अप्रैल, 2016

तजरिबा- अनुभव, ज़िया-रौशनी, अब्र- बादल, इब्तिदा-शुरूआत, इंतिहा-पराकाष्ठा/अंत, पैकर-शरीर

अना-1

अभी जो रिश्ता
बिखर गया है
मिसाल देते थे लोग इसकी
मेरी-तुम्हारी मुहब्बतों की
वो पाक-बेलौस चाहतों की
मगर ये ज़िद में
किधर गए हम
ये किस भंवर में उतर गए हम
अना के तूफ़ाँ की ज़द में आकर
बिखर गये हम
सभी को मायूस कर गये हम...!!

28 मई, 2019

अना-2

अना के पर्वत से
तुमको चाहत
बहुत ही छोटी दिखाई देगी
तुम्हें तक़ब्बुर के ग़ार में इस
सदा मेरी क्या सुनाई देगी
तुम्हारे कूचे से जा रहा हूँ वफ़ा की मय्यत उठा के लेकिन
तुम्हें कभी न सुकूँ मिलेगा
सज़ा वो तुमको ख़ुदाई देगी
मुझे तलाशोगी दर-ब-दर तुम
गली-गली तुम दुहाई देगी...!!

11 मार्च, 2021

तक़ब्बुर- अहंकार, अना- अहंकार, ग़ार-गुफा

61

रोग–1

मुझे मालूम है मुझसे
मेरे इस रोग से
मेरे सभी अपने परीशाँ हैं
मेरी तीमारदारी से
मेरी बीवी, मेरे बच्चे
बहुत तंग आ चुके हैं अब

ये बिल्कुल साफ़ लिक्खा है
सभी चेहरों पे कि अब वो
बहुत बे-रब्त हैं मुझसे
मगर ये फ़र्ज़-ए-आख़िर है
निभाना है
ज़माने को दिखाना है

सभी तैयारियाँ लगभग
मुकम्मल हो चुकी होंगी
दवाओं के सभी ख़र्चों के
मेरे 'फ़ाइनल बिल' पर
भी 'डिस्कस' हो चुका होगा

बड़े बेटे ने छोटे को
कफ़न की ज़िम्मेदारी सौंप दी होगी
कहाँ से, कैसे लाना है
वो ख़ुद मसरूफ़ होगा
बाद मरने के मेरे जो काम होने हैं
उन्हें अंजाम देने में

जगह भी क़ब्र की लगभग
मुक़र्रर हो चुकी होगी
फ़क़त अब मुंतज़िर हैं सब
कि किस लम्हा क़ज़ा आए
कटे ज़ंजीर
जिससे मैंने सबको बाँध रक्खा है...!!

12 जनवरी, 2016

तीमारदारी- देख रेख, मसरूफ़- व्यस्त, क़ज़ा-मौत

रोग-2

मेरी मौत का ख़ौफ़
प्यारों के चेहरों पे तहरीर होने लगा है
कि चेहरा मेरा सबकी आँखों में जैसे ये तस्वीर होने लगा है

मुझे हौसला देने वाले लबों पर
उदासी की परतें जमी हैं
छुपाते हैं आँसू सभी
सबकी आँखें बताती हैं रोई हुई हैं

मुझे नर्स यूँ देखती है
कि जैसे वो मुझ पर तरस खा रही हो
कि जैसे क़ज़ा
मेरे बिस्तर पे बैठी
दवाओं पे मुस्का रही हो

न जाने यहाँ कितनी रातें
ग्लूकोज़ की गिरती बूँदों को गिनते
कटी हैं
मेरा दुख तो ये है
मेरी वज्ह से
कितनी आँखें यहाँ
कितनी रातों की जागी हुई हैं

ज़रा-सा किसी भी पहर होश आए मुझे
तो फ़क़त मैं यही सोचता हूँ
मैं ख़ुद भी अज़ीयत में हूँ
और सबके लिए ही अज़ीयत बना हूँ

परेशान हो जाता हूँ सोचकर
दूसरों की परेशानियों को
कि तीमारदारी को मेरी कहाँ वक़्त कैसे निकाला हो किसने
कि मेरे लिए अपने कितने ज़रूरी ही कामों को टाला हो किसने

मैं खिड़की के नज़दीक
दीवार पर डोलते
उस कलेंडर को तकता हुआ सोचता हूँ
इन्हीं लाल, काली, हरी गिनतियों में
कोई एक तारीख़ होगी मेरी रुख़्सती की
कि जब नर्स आकर ख़मोशी से ड्रिप खींच लेगी कलाई से मेरी
कलेंडर की जानिब टिकी मेरी वीरान आँखों पे रख देगी वो उँगलियों को
मेरे पीले चेहरे को शफ़्फ़ाफ़ चादर से ढँक कर
छुपा देगी सूखे हुए मेरे हाथों को सबकी नज़र से
साँसों के इस एक लंबे तमाशे का उस रोज़ पर्दा गिरेगा
मेरा बिल बनेगा
मेरी लाश को हॉस्पिटल से छुट्टी मिलेगी
तेरा शुक्र होगा मेरे रब!
मेरे बोझ से सबको मुक्ति मिलेगी...!!

15 जनवरी, 2021

सुकून भरी मौत

कोई शिकायत नहीं करूँगा कभी ख़ुदा से
वो ज़िन्दगी में हज़ार दुख दे
हर एक लम्हे में रंज रख दे

वजूद सारा ग़मों से भर दे

हर एक सपने को चूर कर दे

कुबूल है सब

मगर वो मेरी भी इस दुआ को कुबूल कर ले
कि मौत दे जब तो इस तरह दे
कि चलते-फिरते
बदन से मेरे निकाले मुझको
मैं अपने बिस्तर पे बरसों पड़ के नहीं मरूँगा

किसी के काँधे पे बोझ बनकर
नहीं चढ़ूँगा
किसी के सीने में बन के उलझन
नहीं रहूँगा
किसी के एहसान मेरी मिट्टी में कैक्टस बन
नहीं उगेंगे
मुझे ये काँटे नहीं चुभेंगे

न अपने घर और
अस्पतालों के दरमियाँ मैं सफ़र करूँगा
न गोलियों पर बसर करूँगा
न रोज़ प्लेटों में रख के परहेज़ खा सकूँगा

मेरी समाअत किसी के ताने
नहीं सुनेगी
ना मेरे ज़ख़्मों से मक्खियों को
ग़िज़ा मिलेगी
कभी न ऐसी सज़ा मिलेगी

किसी की ख़ुशियों के चाँद पर मैं गहन बना
तो बुरा लगेगा
मैं घर के कोने में ज़िन्दगी भर पड़ा रहा
तो बुरा लगेगा
ये चाँद सूरज भी देखने को तरस गया
तो बुरा लगेगा

यही दुआ है ख़ुदा से बेशक
हयात मुझको वो मुख़्तसर दे
मगर मरूँ तो
मेरे बदन में, वो रूह लेकर सुकून भर दे

मैं अपने बिस्तर पे बरसों पड़ के नहीं मरूँगा...!!

17 जून, 2018

ग़िज़ा- भोजन, हयात-ज़िन्दगी, मुख़्तसर- छोटा/सीमित

आख़िरी दुआ

चौदहवाँ दिन लगातार है
डॉक्टरों की ये आँखों को पढ़ते हुए
नाउमीदी के पारे को चढ़ते हुए
चौदहवाँ दिन है आँखें बिना मास्क के
एक इंसान भी देखने को तरसती हुईं
चौदहवाँ दिन लगातार है
लाल-नीली दवाएँ लहू में मुसलसल उतरती हुईं

चौदहवाँ दिन लगातार है
जब अज़ीज़ों की आवाज़ कानों में आयी नहीं
चौदहवाँ दिन लगातार है
जब किसी ने भी घर की बनी चीज़ कोई भी खायी नहीं

चौदहवाँ दिन लगातार है
जब कज़ा बाल खोले हुए
हॉस्पिटल के हर वार्ड में रक़्स करती हुई
और भयानक हँसी ख़ौफ़ से काँपती ज़िन्दगी के क़रीब आ के हँसती हुई

चौदहवाँ दिन लगातार है
दर्द से छटपटाते हुए दर्जनों लोग इस हॉस्पिटल में आते हुए
चौदहवाँ दिन लगातार है
दर्जनों लोग ताबूत में हॉस्पिटल से जाते हुए

चौदहवाँ दिन लगातार है
मास्क से वार्ड में झाँकती दर्जनों उन निगाहों में मेरे लिए
कोई उम्मीद, राहत भरी इक ख़बर भी नहीं
इतने दिन जो दवाएँ रगों में उतरती रहीं
उनका मुझ पर कोई भी असर ही नहीं

कितना दुश्वार है
पास के खाली होते हुए
बिस्तरों की तरफ़ देखकर साँस लेना भी यार
मौत से भी ज़ियादा भयानक है ये मौत का इंतज़ार

आख़िरी साँस पर मैंने रब से दुआ की
दुआ में मेरी काश इतना असर आ सके
बाद मेरे यहाँ
वेंटिलेटर पे जो शख़्स हो
लौटकर अपने घर जा सके...!!

अप्रैल 22, 2020

बेरोज़गार-1

तो और इक बार फिर
मेरा सेलेक्शन हो नहीं पाया
मेरी हर एक नाकामी पे
रस्सी मुस्कुराती है
ख़ुशी से ऐंठती है
और नये बल उसमें पड़ते हैं
मुझे अपना गला घुटता हुआ महसूस होता है...

मैं अपनी छत से
जब नीचे गली में झाँकता हूँ तो
ये लगता है सड़क मुझको
उछलकर खींच ले जाएगी
अपने साथ
डरा देता है ये एहसास
और मुझको पसीने से लहू की गंध आती है...

अगर मैं दूर से भी
ट्रेन की आवाज़ सुनता हूँ
तो कोई अजनबी हैबत मुझे झकझोर देती है
अज़ीयत ख़ून के क़तरों में
यूँ करवट बदलती है
कि मैं टुकड़ों में बँटते रूह को महसूस करता हूँ...

मेरे कमरे का
सीलिंग फ़ैन हँसता है

मेरी जानिब लपकता है
मैं डर से काँप जाता हूँ
सिमटकर बैठ जाता हूँ
किसी कोने में कमरे के
यूँ लगता है
कई सदियों का लंबा फ़ासला तय कर के मैंने सुब्ह पायी है...

मगर मैं सोचता हूँ
कब तलक आख़िर
मैं अपने आप को ख़ुद से बचाऊँगा
फ़क़त इक और नाकामी
मैं अब के टूट जाऊँगा
बदन से छूट जाऊँगा...!!

31 अक्टूबर, 2016

बेरोज़गार-2

मैं अपनी
जानिब से पूरी कोशिश
तो कर रहा हूँ
मगर नतीजे
ख़िलाफ़ आयें तो क्या करूँ मैं...?

मुझ पता है
कि जॉब ही पर
हमारा फ़्यूचर टिका हुआ है
मगर ये रस्ता तो दिन-ब-दिन अब
तवील होता ही जा रहा है

जो डर तुम्हारा है
मेरे डर से अलग नहीं है
हो तुम परेशाँ
तो मैं भी जानाँ सुकूँ में कब हूँ
मैं अपनी
जानिब से पूरी कोशिश
तो कर रहा हूँ

कहीं पे
मज़हब जवाज़ था तो
कहीं पे
रिश्वत ने हाथ काटे
कहीं पे
पर्चा बहुत कठिन था

कहीं पे
बीमार पड़ गया मैं
कहीं पे
छूटी है ट्रेन मेरी
कहीं पे
क़िस्मत ने मात दी है
कहीं पे
डिग्री बनी कमी है
कहीं पे
दुश्मन हुई घड़ी है

मैं अपनी
जानिब से पूरी कोशिश
तो कर रहा हूँ
मगर नतीजे
ख़िलाफ़ आयें तो क्या करूँ मैं...?

बहुत उमीदों का बोझ
काँधों पे लेके पढ़ना
सभी के सपनों को
अपनी आँखों में भर के पढ़ना
सहल नहीं है
मगर मैं फिर भी महाज़ पर इस डटा हुआ हूँ
मैं अपनी
जानिब से पूरी कोशिश
तो कर रहा हूँ...

ये दौर
कितना डरावना है निकल के देखो
गो एक हड्डी की आरज़ू में
हज़ार कुत्ते झगड़ रहे हैं
गली-गली सब भटक रहे हैं
कि कोच ट्रेनों के घर बने हैं
मैं ख़ुद भी
ट्रेनें बदल रहा हूँ
न जाने कब से भटक रहा हूँ
मैं अपनी
जानिब से पूरी कोशिश
तो कर रहा हूँ...

दुआएँ तुम भी तो माँगती हो
मिली हो जबसे नमाज़ कोई क़ज़ा तुम्हारी
नहीं हुई है
हँसी लबों से उड़ी हुई है
तुम्हारी रंगत बदल गयी है
मगर दुआएँ
असर ना लाएँ तो क्या करो तुम?
मैं अपनी
जानिब से पूरी कोशिश
तो कर रहा हूँ...

मेरी-तुम्हारी तरह करोड़ों मुहब्बतों पर
यही तो ख़दशे बने हुए हैं
मगर यहाँ की हुकूमतों के जो मसअले हैं वो और ही हैं
मैं अपनी
जानिब से पूरी कोशिश
तो कर रहा हूँ
मगर नतीजे
ख़िलाफ़ आयें तो क्या करूँ मैं...?

22 जुलाई, 2017

मेरा अब जी नहीं लगता

मेरे सब दोस्त आ-आकर
मुझे हर रोज़ समझाकर
चले जाते हैं झुँझलाकर
दुखी ख़ुद हूँ करूँ क्या पर

मेरा अब जी नहीं लगता...

अज़ाँ पड़ती है कानों में
पड़ा रहता हूँ बिस्तर पर
सज़ा का इल्म है लेकिन
नहीं जाता ख़ुदा के घर

मेरा अब जी नहीं लगता...

नज़र का आख़िरी मंज़र
शजर के पास वाला घर
वो शहनाई सुनाई दी
समाअत हो गयी पत्थर

मेरा अब जी नहीं लगता...

हँसी आती है ज़ख़्मों पर
मैं रोता हूँ लतीफ़ों पर
बज़ाहिर हूँ बहुत ही ख़ुश
बहुत ज़ख़्मी हूँ पर अंदर

मेरा अब जी नहीं लगता...

बिना सीधा किए कॉलर
बिना कँघी ही बालों पर
बिना देखे ही आईना
निकल जाता हूँ सड़कों पर

मेरा अब जी नहीं लगता...

क़यामत हो चुकी मुझ पर
नहीं कुछ फ़र्क़ दुनिया पर
तो लानत ऐसी दुनिया पर
समाजों पर, रिवाजों पर

मेरा अब जी नहीं लगता...

है ज़ख़्मों से भरा पैकर
कहाँ हूँ मैं मेरे अन्दर
सुलगता है वो जो मन में
नहीं ढलता है नज़्मों में
नहीं आता है काग़ज़ पर

मेरा अब जी नहीं लगता...

सिराज फ़ैसल ख़ान

जो दिल सुलगे तो फिर सिगरेट गिनता कौन है यारो
दिवाना मत कहो मुझको
मुझे ताने नहीं मारो
मुझे समझा के थक जाओ
परेशाँ होके चिढ़ जाओ
तो समझा ख़ुद को लेना तुम

मेरा अब जी नहीं लगता...!!

15 अक्टूबर, 2019

Affection (अफ़ेक्शन)

वो अजनबी पर हसीन लड़की
भली-भली सी जो लग रही है
दबी-दबी सी ये आग क्या है
जो दिल के अंदर सुलग रही है

वो एक बदली-सी
मेरे सहरा के आसमाँ पर ठहर गयी है
कि जैसे तस्वीर
कैनवस से निकल के पैकर में ढल रही है

ये कुछ दिनों से उजाड़ दुनिया
खिली-खिली सी जो लग रही है
हर इक ख़ुशी में घुला है ग़म-सा
हर एक ग़म में ख़ुशी घुली है

ये कैसा दरिया है जितना डूबा हूँ
प्यास उतनी ही बढ़ रही है
ये बर्फ़ कैसी है जो लहू में
रगों के अंदर पिघल रही है

ये रंग कैसा है दिल की डाली पे
कुछ दिनों से जो खिल रहा है
ये कैसी ख़ुशबू घुली है मुझमें
जो मेरी मिट्टी महक रही है

वो चीज़ क्या है
मेरे अनासिर के रंग-ओ-बू जो बदल रही है
ये कैसा रिश्ता है अजनबी से
उमीद कैसी ये पल रही है

कहीं मुहब्बत ना हो गयी हो ?
नहीं... मुहब्बत ही हो गयी है...!!

26 जुलाई 2016

बच्चा

बाबू... तुम मेरे बच्चे हो...!!
तुम जीवन का सार हो मेरे
बाबू... तुम संसार हो मेरे...!!
मेरी सब उम्मीदें तुमसे
होली तुमसे, ईदें तुमसे
तुमने थाम लिया है मन को
तुमसे अर्थ मिला जीवन को
बाबू... तुम मेरे बच्चे हो...!!

तुमने दिल की बंजर धरती पर चाहत के फूल खिलाए,
तुम मेरे सूखे होंटों पर ख़ुशियों की ये सुर्ख़ी लाए,
तुमने लड़ने की ताक़त दी
तुमने जीने की हिम्मत दी
तुमने मुझको हर ने'मत दी
तुमसे हटकर इस जीवन को देख नहीं सकती हूँ मैं तो...
तुम बिन जीने का तो बाबू!!
सोच नहीं सकती हूँ मैं तो...
बाबू... तुम मेरे बच्चे हो...!!

मुझसे ये सब कहने वाली
प्यार मुझे यूँ करने वाली
मुझ पर ऐसे मरने वाली
उस लड़की ने छोड़ दिया फिर
ख़्वाबों का घर तोड़ दिया फिर...!!

गर वो लड़की मिल जाये तो
कहना उससे
मेरे अंदर इक बच्चे की लाश पड़ी है
उसका बच्चा
उसकी हिम्मत
उसका बाबू
उसकी चाहत!!

कोई उस लड़की से कह दे-

'अपना बच्चा लेकर जाये
मुझ में से ये लाश हटाये...!!'

7 जनवरी, 2016

आक्रोश

ये ज़ालिमों का मुआशरा है...
यहाँ पे ज़ालिम अगर सड़क पर
किसी को कुचलें
तो लोग तस्वीर खींचते हैं
कहाँ वो मुट्ठी को भींचते हैं?

ये बुज़दिलों का मुआशरा है...
समाज सज्दे में ज़ालिमों के झुका हुआ है
न रीढ़ बाक़ी किसी के तन में
न आब आँखों में रह गया है

अदालतें मसख़रों की चौपाल बन गयी हैं
टँगा है इंसाफ़ सूलियों पर
तमाम क़ातिल हैं कुर्सियों पर
पड़े हैं मज़लूम सीढ़ियों पर
शिकन नहीं है किसी के मुँह पर...

ये दादखोरों की मण्डली है
अदब नहीं है
ये दादखोरी भी क्या बला है?
कि हक़ पे सबका ही मुँह सिला है
अदीब अजगर हैं जो अदब में
सदा-ए-हक़ को निगल रहे हैं
उसूल सबने कुचल दिए हैं
क़लम तो कौड़ी में बिक गए हैं...

ज़हर बुझी है
सहाफ़ियों की ज़बाँ यहाँ पर
लहू लगा है ग़रीब लोगों का इनके मुँह पर
जिधर हुकूमत का हो इशारा
तो दुम हिलाते हैं ये वहाँ पर
कोई भी हक़ पे नहीं यहाँ पर...

किसी को परवा नहीं किसानों की
उनकी जानों की
कोई फाँसी पे चाहे झूले या ज़हर पी ले
किसे पड़ी है?
कि पेट जिनके भरे हुए हैं
वो बिस्तरों पर पड़े हुए हैं
उगा रहे हैं जो ख़ून देकर ग़िज़ा ज़मीं से
वही ज़मीं में गड़े हुए हैं...

यहाँ मुँडेरों पे गिद्ध बैठे हैं वासना के
नज़र गड़ा के
यहाँ पे इस्मत नहीं सलामत है अब किसी की
न बच्चियों की, न बूढ़ियों की
ये भेड़ियों का मुआशरा है...

ओ मेरे मज़लूम! उठ खड़ा हो
तू अपने ज़ख़्मों में धूल भर ले
ये सच है इसको क़ुबूल कर ले
तू ऐसे बर्बर समाज में सर
झुका के मत जी

तू घूट अपमान के नहीं पी
अगर है यलग़ार इसका हल तो
महाज़ पर आ
रगों से डर अब निकाल दे तू
लहू हवा में उछाल दे तू...!!

15 अप्रैल, 2018

मुआशरा- समाज, मज़लूम- पीड़ित, सहाफ़ी-पत्रकार, इस्मत- सतीत्व/आबरू,यलग़ार- आक्रमण/हल्ला
बोलना

Reminiscence (रेमिनिसन्स)

घर से कॉलेज का वो रास्ता याद है
जिस पे मिलते थे हम बारहा याद है
याद है अपनी क़ासिद सहेली तुम्हें
वो ख़तों का हसीं सिलसिला याद है
छुपके जब रात में मिलने आता था मैं
लेके आती थीं तुम इक दिया याद है
एक दिन मैं बहुत देर से आ सका
हो गयी थीं बहुत तुम ख़फ़ा याद है
चुपके-चुपके मुझे देखती जिसमें थीं
तुमको कैफ़े का वो आइना याद है
तुमने पहली दफ़ा मुझको चूमा था तब
हादसे में था मैं जब बचा, याद है
मैंने होंटों से अपने निकाला उसे
कोई काँटा तुम्हें जब चुभा याद है
याद है क्या तुम्हें मेरी दीवानगी
मेरी मासूम-सी वो वफ़ा याद है
मेरी आँखों का मौसम बदलता नहीं
मुझको माज़ी का हर क़हक़हा याद है
याद है आज भी तेरी हर इक अदा
मुझको तेरी क़सम बा-ख़ुदा याद है
मेरे शिकवे तुझे याद हैं कि नहीं
मुझको तेरा तो हर इक गिला याद है
हमने दुनिया की झूटी ख़ुशी के लिए
जो किया दुख भरा फ़ैसला याद है
एक-दूजे से बिछड़े तो रोये नहीं
आज भी मुझको वो हौसला याद है

⚙

अगस्त, 2011

क़ासिद- सन्देशवाहक, माज़ी- अतीत, Reminiscence: "The process or practice of thinking or telling about past experiences."

हस्सास

आख़िर वो किसकी ग़लती थी
उस बूढ़े की
कंडक्टर की
या फिर उस बस के ड्राइवर की
जिसकी भी हो लेकिन उसमें मेरा तो कोई दोष नहीं था
मैं तो बाक़ी सब लोगों की तरह
मुसाफ़िर था उस बस का
जिसके नीचे कहीं अचानक से वो बूढ़ा आ जाता है
उसको बस के नीचे आते भी तो न देखा था मैंने
वो तो बस के ब्रेक से मेरी नींद खुली और
शोर समाअत से टकराया
तब खिड़की से झाँका था मैं
इधर-उधर बिखरी सब्ज़ी के इर्द-गिर्द वो धार लहू की
साँप के जैसी रेंग रही थी
और गले में शायद उसके चीख़ कहीं पर फँसी हुई थी
उस मंज़र में सीट से अपनी हिल तक न पाया था मैं तो
हिलकर भी अब होना क्या था?
आख़िर मैं कर क्या सकता था?

फिर क्यों मुझको नींद नहीं आती उस दिन से
खाना खाने बैठता हूँ तो
उस बूढ़े का कर्बनाक वो लहू उगलने वाला चेहरा
सामने मेरे आ जाता है
और फिर उसके बाद निवाला मिरे गले से
उल्टी बन बाहर आता है
और माँस को फाड़ के बाहर निकली उस बूढ़े की हड्डी
मेरे दिल में धँस जाती है...

सिराज फ़ैसल ख़ान

क्यों नाकरदा जुर्म का ये एहसास मेरे अंदर बैठा है?
क्या उसको मैंने मारा है?
उसकी मौत मेरी ग़लती है?
थोड़ा भी हस्सास नहीं होता है कोई
लोगों को एहसास नहीं होता है कोई
मुझसे सब बस यह कहते हैं
लोग तो मरते ही रहते हैं
कौन भला परवा करता है?
तुम ही ख़ुद को क़ैद किये हो उस मंज़र में
उस मंज़र से बाहर आओ
मिट्टी डालो धुआँ उड़ाओ
लेकिन मैं कैसे समझाऊँ?
कि उसका आसेब मेरे ख़्वाबों में आकर
रोज़ यही कहता रहता है
मुझ पर ये एहसाँ करवा दो
घर पर मेरे बीवी-बच्चे भूखे होंगे
उन तक वो सब्ज़ी भिजवा दो...!!

जनवरी, 2018

परफ़्यूम

महाज़

मैं ज़ालिमों के
ख़िलाफ़ मिट्टी का जिस्म लेकर खड़ा रहूँगा
ज़मीर जिनको भी बेचना है
वो बेच दें
मैं नहीं बिकूँगा
अड़ा रहूँगा...

मैं जानता हूँ
ये भीड़ मुझको तो
एक लम्हे में रौंद देगी
तो रौंद दे फिर
किसे पड़ी है?
ज़रा सी हिम्मत भी है अगर तो
वो बुज़दिली से बहुत बड़ी है...

हर एक दर
बंद हो भी जाये
भले दरीचों को ख़ौफ़ आए
गली में कोई भी रह ना जाए
मैं ज़ुल्म के देवता की आँखों में आँख डाले खड़ा रहूँगा
नहीं हटूँगा...

है हुक्म-ए-हाकिम
सब अपने घुटनों पे बैठ जाएँ
लबों को सी लें
नज़र झुका लें

ज़बाँ चबा लें
मैं इससे
इंकार कर रहा हूँ
ये वार छोटा सही
मगर मैं खड़ा हूँ
यलग़ार कर रहा हूँ...

भले ज़बाँ पर वो तेग़ा रख दे
या मेरे पैरों को बेड़ियाँ दे
या फिर सलाख़ों से जिस्म दागे
समाज सोता रहे या जागे
मगर ये कम तो नहीं जियालो!
कि लोग भागे तो हम न भागे...!!

7 अगस्त, 2018

मुहब्बत ज़िंदाबाद

अलम-बरदार हैं हम उन समाजों के
जहाँ हमको मुहब्बत भी
गुनाहों की तरह सबसे छिपाकर रखनी पड़ती है

मुहब्बत जुर्म है और जुर्म भी ऐसा
कि ये तहज़ीब के रक्षक
बदल जाते हैं गिद्धों में
मुहब्बत करने वालों के बदन से बोटी-बोटी नोच लेने को

अलम-बरदार हैं हम उन समाजों के
यहाँ फ़िल्मों में जब प्रेमी बिछड़ते हैं
तो ये सारे तमाशाई
सुबकते हैं
सिसकते हैं
मगर अपना कोई बच्चा किसी से प्यार करता है
तो उसके जिस्म को सौ घाव देकर टाँग देते हैं सलीबों पर

वो अग्नि साक्षी है
झूट हैं फेरे
जो मजबूरी की बेड़ी डालकर डलवाये जाते हैं
वो हर फूलों की वरमाला दुखों का तौक़ है
जिनसे समाजी भेड़िये
मजबूर की गर्दन झुकाते हैं

वो सब आयात शाहिद हैं
कि जिनकी ओट में
मासूम जज़्बों को कुचल देते हैं ये इज़्ज़त के ठेकेदार
दबा दी जाती है हर चीख़

नहीं मर्ज़ी अगर शामिल
तो झूठे हैं निकाहनामे
किसी की मौत के फ़रमान पे
उसके ही ख़ूँ से दस्तख़त लेना कोई शादी नहीं होती

ये कैसा ख़ब्त है
उल्फ़त के दुश्मन घोट देते हैं गला औलाद का ख़ुद ही
उन्हीं हाथों से जिनसे परवरिश करते हैं
काँधे पर बिठाते हैं
थमाकर उँगलियाँ अपनी
जिन्हें चलना सिखाते हैं
वही बच्चे वफ़ा की रहगुज़र पर पाँव रक्खें तो
कुल्हाड़ी मारते हैं उनके पैरों पर
लटकती-झूलती मिलती है चाहत रोज़ फंदों पर

मगर उल्फ़त के दुश्मन भूल जाते हैं
जुदा करने
बदन तक़सीम कर देने से टुकड़ों में
मुहब्बत मर नहीं सकती
रगों में वक़्त की वो दास्ताँ बनकर उतरती है
फ़िज़ाओं में महकती है
नये दिल ढूँढ़ लेती है
सदा आबाद रहती है
वो ज़िंदाबाद रहती है...!!

Melancholy (मेलन्कॉली)

इस क़दर भरोसा था...!!

कुछ दिनों तलक मुझको
उसकी बे-वफ़ाई पर
तो यक़ीं नहीं आया
बस यही लगा मुझको
आदतन ख़फ़ा है वो
न कि बेवफ़ा है वो

उसको अपनी ग़लती का
जब ख़याल आएगा
तब मलाल आएगा
उसका कॉल आएगा
कितनी बार पहले भी
ऐसा कर चुकी है वो
थोड़ी सिरफिरी है वो

इश्क़ की एल.ओ.सी. पर
यह तनाव पहले भी
कितनी बार आया है
और मुँह की खाया है

देखना वो अब के भी
जल्द लौट आएगी
फिर मुझे मनाएगी
फ़ेवरेट इमोजी से
कार्टून से, जिफ़ से
बात फिर बनाएगी

रूठने-मनाने के
खेल में तुरुप जब ये
मेरे हाथ आएगा
फिर जो मैं सताऊँगा
तो मज़ा चखा दूँगा
देखना रुला दूँगा

जिस तरह मुझे उसने
हर दफ़ा सताया है
बे-सबब रुलाया है

जिस तरह से पर्वत वो
राई का बनाती है
और अना को अपनी जो
उस पे जा चढ़ाती है
अब उतार कर उसको मैं ज़मीं पे लाऊँगा
और अपने ईगो को 'फ़ील-गुड' कराऊँगा

उसके कॉल और मैसेज
बैठकर गिनूँगा मैं
कुछ नहीं सुनूँगा मैं
कुछ नहीं कहूँगा मैं

सारे पैंतरे चलकर
थक के गिर पड़ेगी जब
कुछ नहीं चलेगा जब
अपनी सेल्फ़ी से वो
आँसुओं भरी आँखें
क्रॉप कर के भेजेगी
और सैड इमोजी कुछ साथ उस के धर देगी

वार जब ये कर देगी
ढेर मुझको कर देगी

कॉल और मैसेज अब
उसको मैं करूँगा फिर
अब उन्हें गिनेगी वो
कुछ नहीं कहेगी वो
कुछ नहीं सुनेगी वो
एक बार फिर बाज़ी
उसके हाथ जाएगी
यूँ मैं हार जाऊँगा
यूँ वो जीत जाएगी

इश्क़ की कहानी में
इस 'रीकैप' से आशिक़
बोर ही नहीं होते
और प्यार बढ़ता है
बे-शुमार बढ़ता है

कुछ नये गिले होंगे
खाएँगे नयी क़समें
और कुछ वही वादे-
"ये नहीं करोगी तुम"
"तुम नहीं करोगे ये"

देर तक इमोजी में
दोनों मुस्कुराएँगे
नींद के फ़रिश्ते आ
लोरियाँ सुनाएँगे
हाथ से न जाने कब फ़ोन छूट जाएँगे

पर ये भूल थी मेरी
थी मेरी ग़लत-फ़हमी
अब ये सोचता हूँ तो
अश्क ही नहीं थमते
प्यार और अना में से
हाय! क्या चुना उसने!!

अब कभी कहानी में
ना 'रीकैप' आएगा
ना कोई सताएगा
ना कोई मनाएगा
मैंने कब ये सोचा था
उफ़!! यक़ीं नहीं होता
जो मेरी उदासी पर दुख में डूब जाती है
मुझको ज़ख़्म लगने पर डर से काँप जाती है
मुझको साँस लेने का जो सबब बताती है
जो मुझे मुहब्बत में ख़्वाब सब दिखाती है
वो ये दिन दिखाएगी
एक दिन वफ़ाओं की लाश पर से जाएगी...!!

11 मई, 2019

*Melancholy- "Sadness that lasts for a long period of time."

परफ़्यूम

Anhedonia (एनहिडोनिया)

तुम्हारे कॉल और मैसेज के अब नोटिफ़िकेशन
मेरे होंटों पर
कभी मुस्कान बनकर के नहीं खिलते
मेरी आँखों में चुभते हैं

तुम्हारा नाम होंटों पर मेरे
इक विर्द जैसा था
ज़ुबाँ से हर्फ़ बिल्कुल चाशनी जैसे लिपटते थे
मगर अब नाम लेता हूँ तो मेरे होंट जलते हैं
ज़ुबाँ पर मेरी जैसे सैकड़ों छाले उभरते हैं
न जाने क्या भरा रहता है सीने में
घुटन होती है जीने में
उदासी खा रही है मुझको अंदर से
इसी बीते दिसम्बर से

वो रातें गर्मियों की याद होंगी
जब तुम्हें मैं
आसमाँ के कैनवस पर रक़्स करती चाँदनी
छत से दिखाता था
कि जैसे कॉल पर कुल कहकशाँ कमरे के अंदर खींच लाता था
वो किरनें चीरकर तन
रूह को तक़सीम कर देती हैं अब मेरी

मैं अपने फ़ोन की स्क्रीन पर जब
उँगलियों से रुख़ पे वो बिखरी हुई
ज़ुल्फ़ें हटाता था
तो तुम पूरे बदन से खिलखिलाती थीं

मुझे पागल बताती थीं
तुम्हारे क़हक़हे
तेज़ाब की मानिंद अब कानों में गिरते हैं
अज़ीय्यत आग बनकर दौड़ने लगती है रग-रग में

हमारी फ़ेवरेट उस बेंच पर
जब पार्क में दूजा कपल कोई
कभी जब बैठता था तो मिरा उस बेंच को जाकर
पलट देने का जी करता था
लेकिन अब कोई बैठे
तो मेरे ख़ून में कोई जुनूँ करवट नहीं लेता

फ़रेबों ने तुम्हारे कैफ़ियत
'शेल शॉक' सी कर दी है अब मेरी
मुझे कुछ भी नहीं कहना
मुझे कुछ भी नहीं सुनना
मगर फिर भी
कभी जी चाहता है मैं तुम्हारा फ़ोन पिक कर लूँ
मुखौटा नोच लूँ
पूछूँ
अगर माँ-बाप ही के फ़ैसले के साथ जाना था
तअल्लुक़ ग़ैर ही से ज़िन्दगी भर का निभाना था
किसी दूजे की बाँहों को ठिकाना गर बनाना था
मेरी आँखों में सपने क्यों भरे थे
गर नहीं मुझसे मुहब्बत थी
मेरे मासूम दिल से खेलने की क्या ज़रूरत थी...?

1 मार्च, 2022

परफ़्यूम

मौलाना

दिलों को जोड़ने की सोचिए तदबीर मौलाना
जो टुकड़े क़ौम के कर दे वो क्या तक़रीर मौलाना

दिखाई क्या उसे दे क़ौम की फिर पीर मौलाना
बनाया जिसने हो पैसे को अपना पीर मौलाना

बदल जाएगी उस दिन क़ौम की तक़दीर मौलाना
ये जिस दिन काट देगी आपकी ज़ंजीर मौलाना

हिसाब इस बेहिसी का आपको देना पड़ेगा अब
बहुत दिन आप ने हुजरे में खा ली खीर मौलाना

ये फ़िरक़ा-वारियत का ज़हर, ये नफ़रत की तक़रीरें
नहीं होती है ऐसे क़ौम की ता'मीर मौलाना

मिसाइल मोड़ देना आप फ़तवों की मेरी जानिब
लगे गर आपको कड़वी मेरी तहरीर मौलाना

18 फ़रवरी, 2022

तदबीर- उपाय, तक़रीर-भाषण, क़ौम- राष्ट्र/जाति, तामीर- निर्माण/रचना, तहरीर- लेख

★ हबीब जालिब की नज़्म

आख़िरी मैसेज

आख़िरी लिफ़ाफ़े में
उसने ख़त नही रक्खा
फिर भी उसमें मैसेज था
जिसको बस मैं समझा था
उसने मुझसे बोला था
उसकी ज़िन्दगी मुझ-बिन
इस हसीं लिफ़ाफ़े-सी
देखने में अच्छी है
असलियत में ख़ाली है...!!

5 जून, 2016

परफ़्यूम

रंग

वो दिन वो लम्हा
मेरी तरह ही
ज़रूर तुमको भी याद होगा
बसंत की ख़ुशबुओं में भीगी
खिली-खिली
वो हसीं दोपहरी
वो गार्डन के क़रीब खिड़की के नीले शीशे पे रक़्स करती
हरी-सुनहरी-सफ़ेद उन तितलियों को छूते हुए जो
टेबल पे रक्खी बोतल का मुझसे पानी
बिखर गया था
वो पास रक्खे तुम्हारे मेहँदी के
उस पियाले में भर गया था
कि जिससे तुम इन
गुलाब जैसी हथेलियों का
सिंगार करने को मुंतज़िर थीं
ये देखकर के तुम्हारे गालों पे
रंग गुस्से का जो खिला था
क़सम ख़ुदा की
बड़ा ही दिलकश
बहुत हसीं था....!!

4 अगस्त, 2016

मत डरो

मत डरो
भेड़िया पास आ जाएगा
तुमको खा जाएगा...

मत सहो ज़ुल्म
डर से घरों में छुपे मत रहो
ऐसे जीने पे लानत
जहाँ बे-सबब सर झुकाना पड़े
गिड़गिड़ाना पड़े...

मत डरो
कि तुम्हें भेड़िए अपने पैरों तले
इस तरह रौंद दें
जैसे इंसाँ नहीं कोई कीड़े हो तुम
हाथ जोड़ो नहीं
मिन्नतें मत करो
अपने हाथों से अब
उनके ख़ूँखार जबड़ों की तुम नाप लो
मत डरो...

मत डरो
अपनी हिम्मत की लौ को बढ़ाओ ज़रा
पास आओ ज़रा
आपसी इख़्तिलाफ़ात की खाई में
साथियो! अपनी-अपनी अना डाल दो
और हाथों को

मिलकर उठाओ ज़रा
ताल-सुर अपने-अपने मिलाओ ज़रा
चीर दो ख़ामुशी के कलेजे को तुम
मत डरो...

मत डरो
छोड़ दो देखना आसमाँ की तरफ़
मुंतज़िर मत रहो मोजिज़े के लिए
हाथ पर हाथ रख के दुआ मत करो
ज़ुल्म के सामने जो सरेंडर करे
ऐसे बुज़दिल की मालिक मदद क्यों करे?
मत डरो...

मत डरो
कि ये डर गर लहू में उतर जाएगा
तो तुम्हें कायरों की तरह मुँह छुपाना पड़ेगा तवारीख़ में
किसको इज़्ज़त मिली है यहाँ भीख में
अपने हक़ के लिए मार्के पर चलो
मत डरो...

23 मार्च, 2017

www.ingramcontent.com/pod-product-compliance
Lightning Source LLC
LaVergne TN
LVHW091609170726
843492LV00007B/2320